HENRI DE RÉGNIER

LA COURTE VIE DE BALTHAZAR ALDRAMIN

VÉNITIEN

COMPOSITIONS DE R. DEYGAS

GRAVÉES A L'EAU-FORTE PAR X. LESUEUR

PARIS

Librairie des amateurs

A. FERROUD, F. FERROUD, SUCCESSEUR

127, boulevard Saint-Germain, 127

LA COURTE VIE

DE

BALTHAZAR ALDRAMIN

VÉNITIEN

JUSTIFICATION DU TIRAGE

30 Exemplaires sur japon avec trois états des eaux-fortes et un dessin original.

50 Exemplaires sur japon avec deux états des eaux-fortes.

170 Exemplaires sur papier d'Arches à la forme.

N° 144

HENRI DE RÉGNIER

LA COURTE VIE DE BALTHAZAR ALDRAMIN

VÉNITIEN

COMPOSITIONS DE R. DEYGAS
GRAVÉES A L'EAU-FORTE PAR X. LESUEUR

PARIS
Librairie des amateurs
A. FERROUD, F. FERROUD, SUCCESSEUR
127, boulevard Saint-Germain, 127

J'ai assez connu, vivant, le seigneur Balthazar Aldramin pour que, mort, il vous parle par ma bouche. La sienne ne s'ouvrira plus jamais ni pour rire ni pour chanter, ni pour boire le vin de Genzano ni pour mordre les figues de Pienza, ni pour rien d'autre, car il repose sous la dalle, en l'église San Stefano, les mains croisées sur le trou rouge de la blessure qui mit fin à sa courte vie, le troisième jour de mars, en l'année 1779.

Il avait presque trente ans. Nous nous connaissions depuis notre enfance, comme nos pères se connurent dès la leur. Nous les perdîmes presque en même temps et à peu près au même âge. Nos palais étaient voisins à se toucher et leurs reflets, confondus en l'eau d'un même canal, y mêlaient leurs couleurs différentes. La façade des Aldramin, toute blanche, s'ornait de deux rosaces de marbre rose, inégales, et qui semblaient des fleurs pétrifiées; celle des Vimani, la nôtre, était rougeâtre. Des trois marches de la porte marine, deux étaient polies et usées et la troisième glissante et humide parce que le flot la couvrait et la découvrait tour à tour.

Presque chaque jour, Aldramin les franchissait, soit au matin, soit à midi, ou, le soir, à la lueur des flambeaux. Sa gondole oscillait quand il la repoussait d'un pied pour mettre l'autre sur mon seuil. J'entendais sa voix m'appeler au bas de l'escalier, car il parlait fort et riait volontiers, et nous usions librement de nos jeunesses. C'est lui qui, d'ordinaire, m'entraînait aux plaisirs. Il y apportait une ardeur extrême et diverse et il ne lui fallait rien moins que l'espace du jour et le temps de la nuit, qu'il unissait en une seule durée, pour satisfaire au nombre de ceux dont il composait la substance de sa vie. L'amour, entre tous, occupait la première place.

On aimait Aldramin et il m'aimait. On nous voyait le plus souvent ensemble aux fêtes et aux prome-

nades. Pour nous moins séparer encore, nous choisissions des maîtresses amies qui ne nous éloignaient point l'un de l'autre, et, en sortant de chez elles, nous allions dans les îles de la lagune faire des repas de coquilles et de poissons. Nous ne manquions à aucun des divertissements qu'offre la Ville Voluptueuse. Il y en a de toutes sortes. Que d'heures avons-nous passées aux parloirs des couvents de nonnes, à regarder leurs guimpes entr'ouvertes et à écouter leur babil, en goûtant des sucreries sèches et en buvant des sorbets ! Que de nuits employées, assis aux tables de pharaon, à perdre notre or ou à gagner les séquins d'autrui ! Que de fois, au temps de carnaval, avons-nous parcouru la ville en folâtrant et en gambadant ! Au sortir des mascarades, nos manteaux frôlaient les murs des rues étroites. Les étoiles pâlissaient à l'aube du ciel et, quand nous arrivions aux quais, l'air salin gonflait nos vêtements autour de nous et nous sentions, sous nos masques peints, à nos visages échauffés, le souffle de sa caresse matinale.

Ce fut ainsi que s'écoulèrent les années de notre adolescence. Les filles de Venise les rendirent amoureuses et légères. Le mouvement des gondoles berça notre loisir ; les chants et les rires l'égayèrent d'un doux tumulte. L'écho lointain m'en bourdonne encore aux oreilles. Les souvenirs de ces heureux jours me sont plus miroitants et plus nombreux que les détours mêmes des canaux. Il me semble que j'aurais pu continuer indéfiniment à vivre ainsi sans rien souhaiter d'autre. Je ne désirais voir rien changer autour de moi, sinon le sourire des femmes, pour que leurs bouches fussent toujours fraîches à la mienne.

Aldramin ne pensa point ainsi. Mon cœur se serra à regarder les fenêtres fermées de son palais où les rosaces de marbre rose continuaient de s'épanouir mollement à la blanche façade fleurie. Aldramin était parti pour un long voyage : il avait voulu courir le monde. Il resta absent pendant trois ans, et il revint à l'improviste, comme il était parti. Un matin, j'entendis sa voix m'appeler du bas de l'escalier, et, le soir, je me retrouvai assis devant lui à la table de jeu. Notre existence d'autrefois recommença jusqu'au jour où un événement inexplicable le coucha pour jamais sous la dalle, en l'église San Stefano, les mains croisées sur le trou saignant de sa blessure... Et voilà pourquoi, aujourd'hui, il a besoin d'emprunter ma bouche pour être entendu de vous, et c'est moi, moi, Lorenzo Vimani, qui vais vous répéter, non point ce que je sais, mais ce que j'ai imaginé de sa vie afin de m'expliquer sa mort, ce qu'il m'a semblé que me disait, un soir, dans un bois de pins rouges, mon ami Balthazar Aldramin, Vénitien.

« J'étais un jour, ô Lorenzo, sur le quai des Schiavoni, avec ma maîtresse, la signora Balbi, qui aime à rester au soleil parce qu'elle est blonde et que ses cheveux y prennent des reflets d'un or qu'elle supposait devoir me plaire : elle ne négligeait rien qui pût m'attacher à sa beauté. Elle se servait donc, pour demeurer là le plus longtemps possible, la fantaisie de jeter du blé à des pigeons qui tournaient autour d'elle. En d'autre temps, j'eusse pris plaisir à ce jeu. Les grains s'épandaient de sa main comme une poussière dorée, mais j'étais insensible à l'attrait de sa grâce et au lieu d'admirer, comme il eut convenu, cette belle dame, j'observais plutôt les humbles bêtes qu'elle nourrissait familièrement. Il s'en trouvait bien là une douzaine. Ils avaient la plume lisse et les pattes écailleuses, avec un bec de corail et une gorge zinzoline. Ces pigeons étaient gras et repus, et pourtant ils piquaient avidement le grain et se gonflaient de cette nourriture servile. Elle attira vite de nouveaux hôtes. Ils vinrent s'abattre d'un vol lourd et massif. A ce moment, je levai les yeux vers la lagune étincelante. Une grande mouette argentée y passait avec des cris rauques. Énergique et prompte, elle coupait l'air de ses ailes aiguës, et, à ce contraste, je me pris à réfléchir sur moi-même. Il me semblait que la bête marine me donnait un exemple salutaire. Ici, aujourd'hui; là, demain; toujours vive et mobile, tandis que les pigeons continuaient, sur la dalle tiède, à se disputer l'aubaine. O Lorenzo, je compris cette fable volante.

« Ce fut ce jour-là, ô Lorenzo, que je conçus le projet de voir le monde et de chercher mon plaisir en sa changeante diversité. Je te serrai dans mes bras, toi le plus cher et le premier de mes amis ; puis je dis adieu à la signora Balbi et je passai chez les banquiers. Je remis entre leurs mains serviables les sommes nécessaires à me fournir, partout où je voudrais aller, de quoi jouer gros jeu et me vêtir à la mode du pays et assez pour faire telle dépense qu'il me plairait.

« Je partis. Ma gondole me déposa en terre ferme. Je me sentais extrêmement joyeux à la pensée de pouvoir aller droit devant moi sans risquer de me retrouver à la même place, comme il arrive trop souvent aux rues et canaux de Venise dont les détours finissent par nous ramener à notre insu au lieu même d'où nous venons, de sorte qu'au bout de leurs circuits il semble qu'on se rencontre en propre personne. Dorénavant, il n'en serait plus ainsi et j'étais certain que la route me conduirait à quelque nouveauté. Celle de mon carrosse m'amusait déjà. Il était large et moelleux ; je m'y installai commodément. J'éprouvais un grand sentiment de joie qui redoublait à chaque tour de roue et à chaque arbre dépassé. Un petit chien qui s'acharnait à poursuivre les chevaux et à les aboyer furieusement me fit rire aux larmes, tant j'étais dans une disposition à me divertir de la moindre chose.

« J'avais formé le projet de m'arrêter en chemin à la villa de mon vieux parent Andrea Baldipiero, qui n'est guère à plus de cinq lieues de Mestre, afin de prendre congé de lui. Cette villa est admirablement bâtie et ses jardins sont magnifiques. Le sénateur en a soin lui-même et y fait travailler continuellement. Il passe là le meilleur de son temps. L'air y est salubre et le vieux Baldipiero lui doit beaucoup des forces de sa robuste vieillesse : car il ne connaît aucune des infirmités d'une longue vie, quoique la sienne ait dépassé ce qui est pour beaucoup la mesure ordinaire de la leur. Ses jours furent remplis d'actions illustres. Il a vu le monde. C'est un homme rude et délicat qui a fort aimé les femmes et en a aimé de tout pays. Il est encore beau à voir, quoiqu'il se montre peu et vive assez renfermé chez lui ou dans la solitude parfumée de ses jardins.

« Il me reçut pourtant avec bienveillance, mais je lui trouvai quelque inquiétude de visage. Il mordillait, tout en parlant, le bout de sa longue perruque blanche et semblait avoir peine à tenir en place durant que je lui apprenais mon départ et le but de mon voyage. Il m'approuva et m'offrit quelques lettres qui pouvaient m'être utiles. Il me quitta donc pour aller les écrire et je vis disparaître au fond de la galerie sa robe à fleurs dont les pans glissaient doucement sur le marbre en laissant derrière elle un parfum de musc et d'ambre.

« A ces parfums et à ce petit déplaisir qu'il n'avait pu cacher de ma venue, je jugeai que j'étais sans doute tombé au milieu de quelque galanterie que contrariait ma présence. Le sénateur passait, malgré son âge, pour ne pas se priver d'un plaisir qui avait été longtemps son principal divertissement et sa plus importante occupation. On disait même que pour le satisfaire il ne reculait pas devant certaines hardiesses qui le rendaient redoutable aux maris et aux parents. Il n'épargnait rien pour atteindre ses fins, ni la force,

ni la ruse, ni aucun moyen direct ou détourné. On avait même parlé de surprises et d'enlèvements, mais si habilement combinés et si heureusement exécutés qu'il n'en courait qu'une rumeur incertaine, sans rien de précis, ni de prouvé. Peut-être étais-je venu à la traverse de quelque entreprise de ce genre : aussi me promettais-je de ne pas importuner longtemps mon hôte et de repartir aussitôt que j'aurais obtenu de lui les lettres qu'il m'avait offertes et qu'il était à m'écrire. Il devait m'en remettre pour Rome et pour Paris, les deux villes entre lesquelles j'hésitais par où commencer mon voyage. Celui de France me tentait principalement et j'inclinais à l'entreprendre tout d'abord.

« En ce projet, je me regardais à un miroir pendu au mur : je m'y trouvais fort bonne mine. Mon habit de soie, mon gilet brodé, mes souliers à boucles de brillants y faisaient le meilleur effet et propre à contenter les plus difficiles. Mes yeux avaient un feu particulier. Il me semblait qu'avec cette heureuse tournure je pouvais prétendre aux fortunes les plus avantageuses, car les belles dames de France passent pour ne point marchander leurs faveurs à qui prend soin de les mériter par quelques-unes de ces délicatesses où elles sont particulièrement sensibles. Aussi j'emportais avec moi force jaseron de Venise et du point de dentelle, sans compter nombre de boîtes à miniatures bonnes à être données en cadeaux.

« Tout en me promenant par les jardins, j'imaginais mille aventures qui ne me pouvaient manquer. Les femmes en formaient la matière naturelle. Je voyais se renouveler devant moi les enchantements de l'amour sans penser qu'il est le même partout et que les lieux et les usages n'y apportent que de bien petites différences. Malgré cela, je ne doutais point d'y découvrir des nouveautés merveilleuses et inattendues. Il m'en venait des désirs soudains où il me semblait être transporté déjà dans un pays de roman! Et on m'eût beaucoup étonné à me rappeler brusquement que j'étais à quelques lieues de Venise, dans les jardins du sénateur Andrea Baldipiero, tant j'avais le sentiment d'être sorti de ma vie ordinaire et de m'être éloigné de ses circonstances habituelles et de m'être mis, du coup, dans l'occasion des choses les plus agréables et les plus surprenantes. Cette attente de je ne sais quoi d'imprévu faisait prendre dans mon esprit aux objets les plus simples des formes étranges. Chaque tournant des allées, où je marchais sur un sable fin et uni, me paraissait devoir préparer quelque perspective inopinée. La boule taillée des buis me semblait cacher quelque secret au creux de son œuf de verdure.

« Ce fut en ces idées que j'arrivai à une grotte de rocailles. Des lambrusques en masquaient l'entrée. En tout autre moment, je n'eusse pénétré là que pour y goûter la fraîcheur souterraine, car il faisait chaud au dehors, quoique le jour eût de beaucoup dépassé son milieu; mais, cette fois, je ne me hasardai que le cœur battant, comme si les détours de cet antre rustique me dussent conduire quelque part d'où dépendrait, sinon mon bonheur, au moins une série d'aventures incalculables.

« L'intérieur dela grotte offrait un séjour agréable. L'eau suintait des rocailles humides et s'assemblait en deux bassins. On avait figuré à la voûte plusieurs sortes d'oiseaux et de bêtes en bronze doré qui tenaient compagnie à la rêverie du promeneur solitaire. Une seconde salle plus sombre faisait suite à cette première et la troisième était entièrement obscure. On n'y entendait que le bruit de l'eau tombant goutte à goutte comme pour marquer à cette clepsydre naturelle les heures monotones du silence. Le terrain était si inégal que je manquai m'y tordre la cheville en cherchant à me diriger dans les ténèbres. Je m'engageai donc dans un étroit passage où il fallut bientôt marcher courbé à demi. Les pointes des rocailles me heurtaient l'épaule et je commençais à me fatiguer de cette difficulté qui n'avait sans doute été ménagée que comme un stratagème propre à augmenter, au sortir de ces ombres, le plaisir qu'il y aurait à retrouver la clarté du jour et à respirer la légèreté de l'air. Je ne me trompais pas. L'issue de la grotte montrait une perspective admirable, formée par l'ensemble des jardins à leur point le plus avantageux ainsi que par la façade principale de la villa et l'ordonnance de sa colonnade. Le balustre du toit se détachait sur un ciel pur. On respirait l'odeur amère des buis et le parfum sucré des orangers.

« Tout en humant ce double baume, je remarquai par hasard que, de toutes les fenêtres de la villa, une seule était soigneusement fermée. Cette singularité unique attira mon attention et je considérai les épais volets rabattus. Sur tout le reste de la façade le soleil déclinant faisait étinceler les vitres. Pourquoi donc cette fermeture hermétique ? J'en étais là de mes rêveries quand une main se posa sur mon épaule. C'était celle du sénateur Baldipiero. De l'autre, il me tendait les lettres qu'il avait écrites pour moi. Je le remerciai et lui témoignai l'intention de me remettre en route sur-le-champ. Il restait assez de jour pour que j'allasse coucher à Noletta. A mon grand étonnement, il ne voulut point y consentir et me retint pour la nuit. Je finis par accepter et nous continuâmes à nous promener par les jardins. Il m'en montra diverses parties que je n'avais pas encore vues. Le sénateur laissait traîner sur le sable les pans de sa longue robe à fleurs; il s'appuyait pour marcher sur une haute canne d'épine noire.

« Certes, Andrea Baldipiero n'avait pas besoin du

soutien de cette canne. Il était encore robuste et vigoureux, quoique un poil blanc perçât de ses pointes dures la peau de ses joues rasées. Nous nous arrêtâmes devant une statue qui ornait la verdure d'un bosquet; il en vanta la nudité en termes qui manifestaient son goût pour les belles formes, et j'admirais sa façon de désigner celles de la nymphe bocagère du bout de sa canne, dont la pomme d'or brillait entre les doigts de sa main forte et velue.

« L'heure du dîner arriva. Il fut long et délicat et servi par des domestiques nègres dans une vaste salle ronde, toute en miroirs, où ils allaient et venaient en silence autour de nous. Les glaces les multipliaient bizarrement jusqu'à étourdir les yeux de leur nombre factice. Leurs cheveux crépus gonflaient leurs turbans de soie jaune où tremblaient des aigrettes mobiles. Des cercles d'or leur pendaient aux oreilles. Leurs mains noires nous versaient de ce vin de Genzano que j'aime fort. A mesure que nous buvions, je sentais s'accroître mon contentement, tandis que le visage du sénateur s'assombrissait par degrés. Il me regardait manger et boire sans toucher à son verre ni à son assiette. Mon appétit méritait d'être imité. Le voyage l'augmentait. Ne faut-il point se donner des forces pour être capable de faire figure aux occasions qui se peuvent rencontrer et qui sont de toutes sortes, si l'on en juge au récit de ceux qui ont vu le monde? Jamais donc je ne m'étais senti plus dispos. Le vin me faisait monter à la face une saine et plantureuse rougeur que le sénateur semblait contempler avec envie, quoiqu'il me parût qu'il n'eût rien à envier sous le rapport de la parfaite conservation du corps et de l'esprit.

« Pourtant, à le mieux observer aux lumières, je crus m'apercevoir que son visage portait des traces visibles de fatigue. Était-ce notre longue promenade à travers les jardins ou quelque autre cause différente ? Le vieux Baldipiero valait-il mieux par l'apparence qu'en réalité ? Il était d'un âge où les forces se limitent à entretenir la vie, et y peuvent suffire encore longtemps, à condition que l'on n'exige d'elles rien de plus que ce qui leur convient. Or, le sénateur passait pour se résoudre assez mal à n'être plus jeune, et on le disait porté à le redevenir à l'occasion, plus qu'il ne l'aurait dû et pas autant peut-être qu'il le souhaitait.

« Peu à peu et tout en causant, il en vint de lui-même à se plaindre ouvertement de ce que je soupçonnais déjà. Il me vanta mon bonheur et y opposa la misère de vieillir. Il en exprimait une singulière amertume. Je l'écoutais, d'ailleurs, assez distraitement, car cela me paraissait un accident naturel auquel nous sommes tous sujets et dont l'avenir plus ou moins proche nous doit engager à jouir du présent le mieux que nous pouvons. Aussi, pendant qu'il parlait, je continuais à boire du vin de Genzano et à

goûter quelques fruits. Les nègres en passaient d'exquis en des corbeilles d'argent tressé, et je pris prétexte de leur saveur pour louer mon hôte de son hospitalité. Il s'excusa fort galamment que ma brusque arrivée l'eût empêché de m'offrir d'autres divertissements que celui de ses jardins et de sa table et de n'avoir à y ajouter qu'un tête-à-tête avec un vieillard morose, sans aucun accessoire de convives et sans même un accompagnement de musiciens. Je lui répondis que je ne me sentais le besoin ni des uns ni des autres, et qu'avec lui la solitude m'était fort agréable si je n'avais point à me reprocher d'avoir troublé la sienne, et que je supportais parfaitement une circonstance qui me valait la faveur de son entretien. Il me laissa finir, puis, hochant la tête, il reprit que ma politesse le flattait infiniment et qu'il voulait bien croire que je disais vrai pour l'instant, mais que, tout à l'heure, je ne penserais sans doute plus de même quand il me faudrait mettre au lit tout seul entre deux draps, ce qui n'est guère le fait d'un jeune homme, et d'un jeune homme qui aime les femmes.

« Au mot femme, je pensai subitement, et sans savoir pourquoi, à cette fenêtre fermée dont la vue m'avait occupé tout à l'heure. Je regardai le sénateur. Nous étions seuls maintenant dans la salle des miroirs. Les serviteurs nègres avaient disparu sans bruit. Il me semblait que le lustre se balançait légèrement, et son oscillation étincelante répétait dans les glaces ses lumières multipliées. J'avais bu beaucoup de vin de Genzano et, tout en épluchant une de ces figues de Pienza, juteuses et rouges, que j'aimais tant, j'écoutais la voix du sénateur. On l'eût dite venue de très loin et appartenir, non plus à lui, mais à chacun des Baldipiero que j'apercevais autour de moi dans les nombreuses glaces environnantes. J'éprouvais un étonnement dont je me rendais mal compte et qui venait sans doute de l'étrange proposition qu'on me faisait. Voilà-t-il pas que j'apprenais tout à coup que je n'avais qu'à me lever pour qu'on me conduisît à cette chambre aux volets fermés qui m'avait occupé précédemment ? Là, je trouverais, sur un lit, une femme endormie. Je m'engageais, sur l'honneur, à ne pas chercher à savoir qui elle était et d'où elle venait. On m'avertissait que je rencontrerais sans doute quelque résistance, mais on pensait que j'étais homme à passer outre. On avait raison : un désir brusque et furieux m'enivrait. J'étais debout. Tous les Baldipiero épars dans les glaces se levèrent en même temps que moi, mais il n'y en eut qu'un qui me prit par la main et sortit avec moi de la salle des miroirs.

« Au dehors, tout était sombre dans la villa déserte. Le sénateur me guidait. Nous gravîmes les marches d'un escalier. La longue robe de mon hôte traînait sur les degrés de marbre avec un

bruit doux et amorti. Mes talons y résonnaient. Après maints détours, nous nous arrêtâmes. J'entendis un tintement de clés. L'une d'elles fouilla une serrure; le gond huilé d'une porte glissa doucement et je fus poussé en avant par les épaules.

« Je me trouvais seul dans les ténèbres, au milieu d'un profond silence. J'écoutai. Il me sembla percevoir un souffle bas et régulier. L'obscurité était chaude et parfumée. Je me rapprochais de la dormeuse invisible. J'étais tout près d'elle. J'étendis la main : je touchai une peau nue et douce qui tressaillit à mon contact; mon autre main s'abaissa au hasard et je sentis les traits d'un visage et une bouche tiède, entr'ouverte.

« Ce fut une nuit singulière et incertaine; un combat muet et terrible. Son corps glissait et se dérobait à mon étreinte avec une force et une souplesse admirables et sans autre bruit que nos souffles confondus. La lutte fut longue, puis les forces de l'inconnue mollirent, ses reins s'assouplirent, ses bras se lassèrent en même temps que ses cuisses desserrées. Une sueur moite mouilla son ventre; ses cheveux humides collèrent à ma joue. Je vainquis. Pendant des heures, je restai lié à ce corps. Je le touchais et je le respirais sans en rien voir, ma face jointe à ce visage obscur. Une envie furieuse me tourmentait de savoir comment il était fait, et un regret furieux à penser que je ne le saurais jamais, de par un serment stupide dont se vengeait mon ténébreux désir sur une chair indifférente et délicieuse.

« Je ne sais quel temps exact se passa à ces caresses et à ces pensées ; enfin je me retrouvai à la porte. Je la poussai de l'épaule ; elle résista, comme si quelqu'un au dehors s'y appuyait de tout son poids. Derrière, j'entendis un bruit d'étoffes et de pas légers qui s'esquivaient. Je poussai de nouveau. La porte s'ouvrit. Je fis quelques pas au dehors. Le petit jour blanchissait au bout du corridor. Je fus sur le point de rentrer dans la chambre pour contenter ma curiosité. Mon serment me revint à l'esprit ; je me mis à courir, j'atteignis l'escalier. Le vestibule était désert. Je sortis sous la colonnade. L'air enbaumait de l'odeur matinale des orangers. Mon carrosse tout attelé m'attendait dans la cour. J'y montai, et, comme il se mettait en marche, je m'endormis profondément.

« Le divertissement du voyage me tira peu à peu de la rêverie où me. ramenait le souvenir de cette étrange aventure. Je n'en savais trop que penser et elle me paraissait inexplicable. Qui était cette femme inconnue et silencieuse ? Que signifiait la bizarre conduite du sénateur Baldipiero ? Avais-je servi à son ressentiment, à sa vengeance ? Avait-il voulu tout simplement m'offrir un plaisir et le redoubler par le mystère dont il l'entourait ? On le disait, après tout, quelque peu extravagant et j'étais porté à le croire tel. Je me perdais en conjectures.

« J'arrivai à Milan. Mon séjour s'y prolongea. J'y jouai et je vis la meilleure société. Plusieurs femmes me distinguèrent, l'une entre autres pour laquelle je restai là plus d'un mois, à cause des agréables occasions qu'elle me donnait de la voir tant au théâtre qu'à la promenade ou chez elle. Elle m'y recevait, la nuit, aux lumières, et ne me cachait rien de son visage et de son corps. Cela fit tort au souvenir de mon inconnue, si bien que je l'avais à peu près oubliée quand je pris la route de France.

« A Paris, les agréments de cette belle ville me parurent passer en nombre et en délicatesse tout ce qu'on peut imaginer de mieux. Mon temps s'employait en parties de toutes sortes. Ce n'étaient que concerts, bals et comédies ; les lettres du sénateur Baldipiero me furent extrêmement utiles et me procurèrent la connaissance de plusieurs personnes considérables. L'étourdissement où je vivais m'empêchait de regretter Venise et mes amis. Du reste, ils semblaient m'avoir oublié, et toi comme eux, Lorenzo. Il s'écoula ainsi presque une année.

J'avais alors pour maîtresse une demoiselle Peronval. Elle était petite et vive et dansait à ravir. Je la suivis à Londres, où elle allait pour son métier et où elle m'emmena pour son plaisir ; mais elle s'avisa de faire trop ouvertement celui de milord Brookball pour que le mien s'en accommodât. Nous nous séparâmes. A mon retour, je trouvai chez moi un gros paquet venu d'Italie. Il contenait une longue lettre du sénateur Baldipiero. Il m'y parlait de diverses choses et m'y rappelait le vin de Genzano et les figues de Pienza et m'y apprenait la façon dont s'était terminée cette aventure où il s'excusait de m'avoir mêlé, quoique d'une façon qui n'avait pu m'être qu'agréable. J'en avais dû prendre de lui une singulière opinion, car il est peu commun de céder ainsi sa place et de s'en retirer pour autrui :

Hélas! mon cher neveu, m'écrivait le sénateur, vous saurez un jour par vous-même les torts de l'âge. J'avais trop préjugé du mien en faisant enlever en secret et avec des peines infinies, de l'endroit où elle vivait, cette belle fille dont vous n'avez point vu le visage. Elle était déjà chez moi depuis plus de deux semaines et pas une fois je ne m'étais trouvé en état de l'aborder comme il eût fallu. De là l'humeur où vous me trouvâtes. Votre vue ne fit que l'irriter. Comme j'enviai votre jeunesse! Ce fut alors que me vint l'idée de mon projet nocturne. Quand nous nous assîmes à table dans la salle des miroirs, j'étais bien résolu à vous ouvrir la chambre secrète où reposait ma belle captive. Je voulais lui montrer par là que j'étais au moins le maître de ses destinées. J'espérais aussi que le désir de son corps s'en irait de moi plus facilement à la pensée d'un rival heureux. Plusieurs fois, les savoir possédées par un autre m'avait détaché des femmes aimées. C'est souvent un grand remède à l'amour que de sentir sa maîtresse infidèle et j'attendais du subterfuge que je tentais un soulagement salutaire qu'il vous coûterait peu de me procurer.

C'est pourquoi je vous poussai par les épaules en cette chambre obscure, mais je ne sais quelle curiosité me fit tenir l'oreille à la porte... J'écoutai votre lutte, ses étreintes et ses soupirs, ses silences; puis le combat reprenait et j'en entendais la sourde rumeur et le bruit invisible. O surprise! une jalousie abominable tourmentait ma vieille chair réveillée de sa torpeur. Je fus vingt fois sur le point d'entrer et si, lorsque vous avez poussé la porte, j'ai fui par les corridors, c'est que je n'aurais pas supporté votre vue sans être tenté de vous tuer, ce que j'aurais regretté à cause du bienfait que je vous dois. La jalousie a des effets surprenants, la mienne me rendit mes forces d'autrefois et j'en usai dès le soir même.

Ma prisonnière sembla bientôt accepter si bien sa condition que je cessai de la tenir enfermée. La salle des miroirs répéta en ses glaces innombrables sa grâce et sa beauté. Les jardins résonnèrent de son pas léger. Ce furent des jours charmants, et ma vieillesse vous les doit. Nous descendions parfois dans la grotte de rocailles où sa voix était plus fraîche et plus mélodieuse que l'eau qui tombe des fissures de la pierre dans les bassins sonores.

J'étais heureux. Ma maîtresse semblait m'avoir pardonné son enlèvement et les soins que j'avais pris de m'assurer sa beauté. Sa vie nouvelle semblait lui plaire. Elle acquit sur mon esprit un pouvoir si entier que je finis par lui tout avouer. Elle sut votre nom et qui vous êtes. Elle vous hait comme elle me hait.

Chaque soir, elle me verse une coupe de vin de Genzano. Comme elle est belle à voir levant de ses mains fines la panse de la sombre bouteille! Le vin coule dans la coupe: c'est une verrerie d'autrefois, légère, glauque et fraîche aux lèvres. Je la porte aux miennes avec délices. Je sais que le vin qui j'y bois est soigneusement mêlé de poison. C'est elle qui en prépare la poudre impalpable. J'en éprouve les effets: mon sang se refroidit peu à peu dans mes veines; mais ma vie ne vaut pas d'être défendue pour si peu qu'on en hâte ainsi le terme. Pourquoi refuser à une femme le plaisir de se venger? Chaque soir, je bois la coupe néfaste avec un sourire. Mais vous, mon cher neveu, vous êtes jeune et méritez d'être averti. Après moi, votre tour est marqué; j'ai lu votre péril dans les yeux de cette étrange fille. Gardez-vous. J'ai voulu vous prévenir du danger que vous courez et compenser le tort que je vous ai fait. Il n'est point si fâcheux peut-être que vous pensez. Cette menace invisible suspendue sur votre tête vous aidera à jouir de toutes choses avec plus de force et d'ardeur. La jeunesse se fie trop au lendemain. Remerciez-

moi donc d'avoir donné à ses plaisirs l'aiguillon qui leur manquait. Adieu. Le froid gagne mes mains. Ce soir, peut-être, le vieux Baldipiero aura bu pour la dernière fois.

« Le sénateur avait raison : à partir de ce jour, un sentiment nouveau naquit en moi. Je me sentais en un état d'esprit que je n'imaginais point auparavant. Quelqu'un en voulait donc à ma vie et s'occupait, au moins en pensée, à en arrêter le cours. La nature seule n'était plus chargée de fixer l'heure de ma mort ; quelqu'un avait fait son affaire particulière d'en avancer l'instant. Pour quelqu'un maintenant elle ne serait pas un événement ordinaire, mais une faveur désirée et obtenue d'une façon que je ne savais pas et dont une circonstance fortuite pouvait brusquement me présenter la rencontre. De plus, je n'avais aucun moyen de détourner cette menace invisible ni d'en prévenir l'effet. Le fait même de vivre me rendait vulnérable.

« Quel changement ! Jusqu'alors, si l'on peut dire, j'avais vécu du consentement de tous. Il y avait eu autour de moi un accord pour m'y seconder. Tous ceux qui m'entouraient s'y prêtaient agréablement ; que de gens, connus ou inconnus, qui travaillaient directement ou indirectement à me procurer ce bien étonnant de la vie ! Le boulanger qui pétrissait mon pain et le tailleur qui cousait mon vêtement n'avaient point d'autre désir et d'autre but. Pour moi, on récoltait, on vendangeait. Nommerai-je les artisans innombrables d'une seule existence ? L'homme est au centre d'un cercle d'efforts. Pour passer du principal au superflu, le coiffeur comme le maître à danser n'étaient-ils pas attentifs à aider, dans son plaisir et sa parure, cette même vie que d'autres assuraient en ses nécessités ? J'étais pour ainsi dire l'œuvre commune de tous. Quelque mal me survenait-il par hasard, le médecin et l'apothicaire se montraient là juste à point pour en régler la durée ou en arrêter la conséquence. Nous plaisantons aisément de ces honnêtes gens, et nous oublions les soins qu'ils ont pris pour se faire capables de nous rendre service. Ce n'est point un labeur facile que de connaître le corps de l'homme et de demander à la nature de quoi réparer à mesure ce qu'elle détruit peu à peu.

« En un mot, je profitais d'une connivence universelle qui m'épargnait, jusqu'à un certain point, les risques et la fatigue qu'il y aurait à vivre s'il fallait veiller et fournir seul à sa propre vie. On prévoyait et on comblait mes besoins, et on ne me laissait que le désir qui est propre à entretenir en l'homme un mouvement salutaire. Mais, tout à coup, une personne inconnue se refusait soudain à cette complaisance générale ! Bien plus, elle prétendait agir à l'inverse. Elle se déclarait mon ennemie. De tous ces bons vouloirs une volonté se détachait et se mettait à part. Cette volonté voulait quoi? ma mort. Elle la voulait en satisfaction à une offense dont je n'avais été que l'aveugle instrument. Elle y réussirait sans doute; elle y réussirait peut-être demain. D'autant mieux que je ne connaissais de cette femme ni son nom, ni son visage.

« Il y avait dans tout cela de quoi troubler ma sécurité. J'avoue que je passai tout d'abord par ce sentiment, mais le passage fut assez court et je ne tardai pas à éprouver un contentement singulier. Le vieux sénateur Baldipiero avait dit vrai. Cette menace, suspendue sur ma tête, assez lointaine pour ne pas être importune, me fut une aide à mieux vivre le présent par l'incertitude de l'avenir. Le visage des femmes prit à mes yeux un intérêt tout nouveau : j'y cherchais celui de mon inconnue. Bien qu'il y eût peu de chances de la rencontrer ici, il y avait dans toute cette histoire trop de hasard pour ne pas penser qu'il continuerait à se mêler de mes affaires et finirait bien par me mettre en présence de mon ennemie. La nouvelle, qui me parvint peu après, de la mort du vieux Baldipiero m'entretint quelque temps en ces pensées. Le vieillard me léguait en mourant sa villa et les meubles qu'elle contenait.

« Je ne me pressai pas d'aller prendre possession de ce beau bien. J'étais alors amoureux d'une dame de qualité à qui je rendais des soins assidus. Son amour me fit tout oublier, et le legs du sénateur, et la durée de mon absence, et la menace dont j'étais averti. Qu'importe le poison ou le poignard à celui que l'amour perce de ses pointes les plus cruelles et tourmente de ses substances les plus vénéneuses ?

« Ce fut environ au bout d'une année, employée en partie à voyager pour tâcher de me divertir de cette passion malheureuse, que je me sentis soudain le désir de revoir mon pays et, en particulier, notre ville de Venise. Je me trouvais alors à Amsterdam, qui lui ressemble par ses canaux, mais ne la vaut ni par la couleur de son ciel, ni par le sourire de ses femmes. Assis à une table de jeu, je gagnais et je perdais tour à tour, quand, parmi les monnaies répandues sur le tapis, je ramassai un sequin d'or. Je le pris et le tournai entre mes doigts. Le lion ailé marquait son métal civique. A cet instant, je vis notre Venise, ses eaux innombrables, son ciel, ses palais et ses campaniles, les rosaces de marbre rose de la demeure des Aldramin, la façade rougeâtre de la tienne, ô Lorenzo ! et ses trois marches marines : je me retrouvai brusquement sur le quai des Schiavoni, comme le jour où je décidai mon départ, au côté de la signora Balbi. La grande mouette blanche volait dans l'air transparent de la lagune. La signora Balbi jetait du grain aux pigeons. Ils étaient gras et bien nourris. Il me semblait que j'en prenais un entre mes mains ;

il était tiède et blanc et il portait à sa gorge poignardée une marque rouge comme du sang.

« Quelques semaines après, j'étais en route pour l'Italie. Mon voyage se fit sans incident et je m'arrêtai, au passage, à la villa que m'avait léguée le sénateur Baldipiero. Il faisait beau et les jardins embaumaient. Je parcourus les appartements, précédé des serviteurs nègres, qui en ouvraient devant moi toutes les portes ; mais, parmi tous, je ne pus reconnaître celui où j'avais passé la voluptueuse et dangereuse nuit dont le vieux sénateur m'avait annoncé par sa lettre les périlleuses conséquences. Partout le soleil entrait par les vitres des fenêtres ; partout régnait un même air d'ordre et de paix. Je me fis servir à dîner dans la salle des miroirs. Je me demandais si toute cette histoire n'avait pas été une illusion nocturne due au vin de Genzano. La lettre même du sénateur n'était-elle pas, elle encore, une suite de cette plaisanterie ? Il est vrai que le bonhomme était mort ; mais sa mort était un événement trop naturel à son âge pour qu'il eût été besoin de personne pour la hâter. D'ailleurs, je remis à plus tard de tirer tout cela au clair.

« Ma première visite à Venise, ô Lorenzo, fut pour toi. Comme autrefois, je sautai de ma gondole oscillante et je montai les trois marches de ton seuil, usées par le mouvement des eaux. Comme autrefois, je t'appelai du bas de l'escalier et tu répondis à mon appel.

J'avoue que j'éprouvai alors une jalousie inattendue. Tu n'étais pas seul. Il y avait auprès de toi un jeune gentilhomme qui se leva à ma venue. Il était gracieux et fort bien fait ; il tenait à la main un instrument de musique qu'il jeta négligemment sur la table, d'un air distrait et familier, en te regardant avec amitié. Je me sentis tout d'abord quelque déplaisir de sa présence. N'était-il point ton ami et n'usurpait-il pas sur moi une qualité à laquelle je me croyais un droit exclusif? Mais je surmontai cette première humeur. Je pensai à ma longue absence et au tort que j'avais eu de rester si longtemps loin de toi et, au lieu de lui garder rigueur, je remerciai ce jeune homme de t'avoir consolé de mon infidélité vagabonde. Il reçut mes compliments avec beaucoup de dignité et de politesse et tu joignis nos mains dans les tiennes.

« Ce fut ainsi que je devins comme toi l'ami de Leonello. Je sus ensuite le détail de votre rencontre. Leonello était de Palerme. Ses parents l'avaient, disait-il, envoyé à Venise pour qu'il se formât aux mœurs du siècle. Il y était depuis un an environ et semblait avoir oublié son pays pour le nôtre. Sa beauté était toute sicilienne, ses yeux vifs et parlants, son nez fin, sa bouche charmante sans un duvet, sa taille souple, et sa démarche gracieuse. Je remarquai la petitesse de ses mains. A le fréquenter, son caractère me plut également par sa douceur et sa réserve. Il n'aimait pas les femmes et s'en gardait avec soin ; je

crois qu'il était pieux ; mais, sans les partager, il se mêlait volontiers à nos plaisirs.

« Nous recommençâmes à goûter de plus belle ceux de la jeunesse. La nôtre touchait à sa fin pourtant et la sienne en tout son éclat nous donnait en vain l'exemple de la sagesse. Comme jadis, nous nous attablâmes aux casinos des îles et aux tapis du pharaon. Le masque de carton couvrit nos visages. Nous étions joyeux. Il est impossible de ne le pas être à Venise, et toi et moi sommes Vénitiens. Leonello souriait gravement à nos folies.

« Le carnaval de cette année 1779 fut singulièrement brillant et animé. Les divertissements abondèrent et nous arrangeâmes celui d'aller passer une journée à ma villa. La chose convenue, je partis le premier pour y prendre, à l'avance, certains soins. Vous deviez, toi, Leonello et quelques amis, m'y rejoindre le lendemain, et, le surlendemain, une nombreuse compagnie s'y devait réunir. La saison extrêmement douce se prêtait à ce qu'on illuminât le jardin de lanternes. Le spectacle promettait d'être agréable.

« Vous fûtes fidèles au rendez-vous. Je vous vis arriver à l'heure dite, avec cinq de nos amis. Vous étiez en masques et formiez une belle carrossée. Je vous promenai partout pour vous montrer les apprêts de la fête. Il devait y avoir un bal aux girandoles dans la grotte de rocailles, et un repas servi dans la salle des miroirs. Nous nous y rendîmes pour en essayer l'éclairage. Je tenais le bras de Leonello. Il riait en s'éventant de son masque de carton. J'ordonnai aux valets de fermer les fenêtres et d'abaisser les rideaux afin de produire une obscurité parfaite et qu'on pût juger de la clarté des lustres. Nous étions dans l'ombre, car il faisait entièrement noir en ce moment. Je criai à mes gens de se hâter d'allumer afin de ne nous point laisser ainsi plus longtemps, quand je sentis quelque chose de froid et d'aigu pénétrer ma poitrine et m'atteindre au centre de ma vie, et j'eus ma bouche pleine de sang... »

Lorsqu'aux lumières nous eûmes relevé Balthazar Aldramin, nous vîmes qu'il portait un poignard enfoncé dans la poitrine. La pointe avait dû atteindre au cœur, car Aldramin était mort. Nous étions tous les sept autour de lui, stupides et stupéfaits. Il y avait là Ludovico Barbarigo, Nicolo Voredan, Antonio Pirmiani, Julio Bottarol, Ottavio Vernuzzi, Leonello et moi, tous amis d'Aldramin, tous qui eussions donné notre vie pour préserver la sienne, car nous l'aimions et il nous aimait. Jamais il n'y avait eu entre nous aucune rivalité, aucune querelle, rien que des sentiments d'estime et d'amitié.

Donc, Balthazar Aldramin s'était tué! Sa propre main avait enfoncé le poignard meurtrier! Mais pourquoi s'était-il ainsi donné la mort? N'était-il pas jeune, riche et heureux? Quel chagrin nous avait-il donc caché à tous? Nous restions immobiles et sombres, nos visages aussi blêmes que le carton farineux des masques que nous tenions encore à la main. Certes, Aldramin s'était tué; nous demeurions les yeux fixés sur son cadavre mystérieux : le même soupçon monstrueux et inévitable naissait simultanément en nos pensées. Quelqu'un d'entre nous aurait-il, à la faveur des ténèbres, porté à Aldramin le coup mortel? Les âmes ont des secrets, et il y a tant de choses cachées! Mais alors, qui donc avait agi? Quel était l'auteur de cet obscur forfait? Celui-ci ou celui-là? Qui?

Un malaise silencieux nous étreignait et, n'osant nous regarder en face, déjà nous espionnions nos regards dans les glaces qui reflétaient et multipliaient nos visages autour du corps inanimé de Balthazar Aldramin : ses cadavres divers, en plusieurs miroirs, semblaient accuser chacun de nous.

Après qu'on eut enterré Aldramin dans l'église de San Stefano, où il repose les deux mains croisées sur le trou rouge de sa blessure, cette même angoisse continua de nous poursuivre : Barbarigo, Voredan, Pirmiani ou Bottarol, nous ne nous rencontrions plus sans éprouver les uns pour les autres une méfiance involontaire. A peine osions-nous nous toucher la main.

Cette gêne misérable nous aigrit au point de mettre aux prises Bottarol et Barbarigo. Ils se battirent sous un motif frivole, dont ils couvrirent la raison véritable de leur querelle. Bottarol fut blessé à mort, Barbarigo dut s'enfuir en terre ferme.

Je tombai dans une profonde tristesse ; je ne pouvais me consoler de la perte d'Aldramin. Leonello cherchait à me distraire. Il jouait à merveille de divers instruments de musique, et il en essaya l'effet sur ma mélancolie. Je continuai à le voir chaque jour. Jamais mon esprit ne put concevoir aucun soupçon à son égard. Sa douceur, sa franchise en éloignaient la pensée, tellement que jamais je ne lui dis un mot de ce qui me préoccupait si douloureusement. Une fois, je rencontrai Voredan. Il me demanda des nouvelles de Leonello, qui depuis quelque temps occupait un appartement dans mon palais ; je le lui dis. « Prends garde à l'obscurité ! » me cria-il avec un mauvais rire. L'injustice de ce soupçon déchira mon cœur à l'endroit de mon amitié pour Leonello.

Voyant ma peine s'augmenter de jour en jour, Leonello me proposa de voyager. Il prétendit avoir affaire à Rome et que des lettres de Palerme lui commandaient de s'y rendre. Je feignis de croire à ce prétexte, qui n'en était qu'un à me faire changer de place. Le séjour de Venise me déplaisait. Les cloches de l'église San Stefano, qui était proche de notre palais, me faisaient tressaillir : elles ravivaient en moi le souvenir cruel d'Aldramin. J'acceptai de partir. Nos préparatifs furent faits rapidement. Nous descendîmes les trois marches du seuil, usées par l'eau transparente. Je me retournai plusieurs fois pour regarder la façade blanche du palais Aldramin. La pluie avait avivé les rosaces de marbre rose : elles semblaient deux blessures délicates et cicatrisées.

Nous nous mîmes en route, Leonello et moi, dans un même carrosse. Nous voulions aller coucher à Pienza, mais le soir nous surprit assez loin encore de la ville, au milieu d'un bois de pins où il faisait déjà sombre. Comme nous allions en sortir, nous entendîmes de grands cris. Une bande de voleurs entouraient le carrosse. Les plus hardis agitaient des torches au nez des chevaux cabrés, tandis que les autres nous ajustaient au bout de leurs pistolets. Nos valets avaient décampé.

En vain nous cherchâmes à nous dégager. Nos épées furent inutiles. En un tour de main je fus saisi et bâillonné ; un bandeau s'abattit sur mes yeux. La dernière chose que je vis fut Leonello se débattant contre les bandits. Puis deux hommes me prirent, l'un par la tête, l'autre par les pieds, et je me trouvai porté assez loin. Une fois remis debout, on me fit marcher en me poussant par les épaules. Le terrain, feutré d'aiguilles, glissait sous mes pas. Quand on

arrêta, je me sentis dépouiller de mes vêtements, puis on me lia au tronc d'un pin. L'écorce me râpa le dos; ma peau colla aux résines.

J'entendais piétiner autour de moi. Bientôt le bruit d'une lutte s'éleva. On faisait sans doute subir à Leonello le même traitement que je venais de supporter, mais il ne s'y prêtait point aisément, à en juger par la sourde rumeur qui m'arrivait aux oreilles. Je tremblai que Leonello ne reçut, à se défendre, quelque mauvais coup. J'aurais voulu lui crier qu'en ces bagarres le mieux est de se laisser faire et qu'on ne gagne rien à résister à l'inévitable; mais le bâillon qui me serrait la bouche me rendait muet. Enfin il y eut un silence. Je pensai que les brigands étaient venus à bout de leur tâche, quand de grands éclats de rire retentirent, mêlés d'exclamations bruyantes. Cela dura un moment, puis se tut. Nos agresseurs avaient dû se retirer, contents de leur besogne. Le vent seul bruissait doucement à la cime des arbres. Des oiseaux de nuit y passaient d'un vol prompt et étouffé. De temps à autre, une pomme de pin tombait sur le sol mou.

Nous étions donc au milieu d'un bois solitaire, liés, Leonello et moi, chacun au tronc d'un pin. Notre situation n'était guère bonne, mais au lieu de réfléchir sur ses inconvénients je tâchai de la rendre meilleure. Le bandeau qui me couvrait les yeux s'était légèrement desserré, je parvins à le faire glisser peu à peu. Je regardai autour de moi.

Une torche près de s'éteindre brûlait encore au ras du sol, où elle avait été enfoncée. Elle éclairait les troncs rougeâtres : à l'un d'eux une forme nue était attachée. C'était Leonello. Un souffle de vent ranima la torche. C'était bien lui. Son corps blanc se détachait en lumière sur le fond d'ombre ; mais était-ce une illusion nocturne ou quelque prestige singulier ? Ce corps était le corps d'une femme ; et pourtant c'est bien Leonello. Il avait le visage détourné et je n'en voyais que la nuque et ses cheveux ras ; et pourtant, c'était bien Leonello. Je l'aurais reconnu à sa main, et la sienne se crispait, petite et fine, contre l'écorce.

Une femme ! Et je sentais sourdre et s'éveiller en moi une cruelle et soupçonneuse surprise. Une femme !... Mais, alors, ce déguisement, ce secret ? Une femme !... Leonello était une femme ! Le coup de poignard, la blessure rouge, Aldramin...

La torche s'éteignit brusquement. Le bâillon me serrait la bouche, mais les pensées s'agitaient en moi. Elles y naissaient confuses et incertaines et s'éclaircissaient peu à peu. La vérité m'apparaissait et il me semblait qu'Aldramin me contait ce que je vous ai répété.

Au matin, un bûcheron qui passait par là me délivra et coupa mes liens. Je m'étais évanoui de fatigue et de douleur. Quand je revins à moi, j'étais couché sur le sol. Je me souvenais. Mon regard alla à l'arbre où j'avais vu liée celle que je croyais être Leonello. La place était vide. Sans doute, l'inconnue avait pu parvenir à se dégager et à s'enfuir. Je m'approchai du tronc. La corde, à un endroit, avait usé l'écorce. Je la ramassai à terre, rompue. Le bûcheron la mit dans son sac, pour s'en servir à nouer ses fagots, et nous marchâmes silencieux jusqu'à sa hutte ; il me donna des habits grossiers sous lesquels je regagnai Venise, où j'arrivai sans encombre. Les cloches de San Stefano sonnaient dans l'air empourpré ; la vieille façade du palais Aldramin mirait dans l'eau du canal ses disques de marbre sanguin.